petit roman

Charlotte Bousquet

Illustrations de Fabien Fernandez

CE QUE TU CHERCHES TU TROUVERAS

RAGEOT

À ceux qui n'ont pas peur des monstres.

Aux amoureux.

Cet ouvrage a été imprimé sur un papier
issu de forêts gérées durablement,
de sources contrôlées.

IMPRIM'VERT
Votre imprimeur agit pour l'environnement

ISBN : 978-2-7002-4366-6
ISSN : 1965-8370

Un quartier hanté

Moi, c'est Fatou. J'habite avec papa, maman et ma grande sœur Sétou dans un immeuble entouré d'arbres.

De ma fenêtre, je vois la palissade de briques et de bois et, derrière, le quartier des Platanes.

Il est vieux, plein de ronces et d'orties. Plus personne n'y vit depuis très longtemps et il est IN-TER-DIT d'y aller.

Quand j'ai demandé pourquoi, papa et maman n'ont pas répondu.

Le soir, Sétou est venue dans ma chambre. Elle m'a chuchoté que l'ogre Njounjou vivait de l'autre côté et guettait les enfants trop curieux pour les emporter.

Quand Yan a demandé pourquoi, sa mère n'a pas répondu.

Le soir, son papi s'est assis près de lui et lui a raconté une histoire si terrifiante que ses cheveux se sont dressés sur sa tête. Il n'a pas voulu me la répéter.

Yan, c'est mon voisin, mon meilleur ami et mon *presque* amoureux. Sétou m'a expliqué que se tenir la main, ça ne veut rien dire. Pour que ça compte *vraiment*, il faut faire un bisou sur la bouche.

Pour l'instant, je n'ai pas osé.

Comme dit mon prof de kung-fu, la meilleure façon de chasser sa peur, c'est de l'affronter. Depuis, quand Yan vient chez moi, on va dans ma chambre et on espionne le quartier des Platanes.

On a découvert qu'il s'y passe de drôles de choses, dès la tombée du jour.

D'abord, il y a les lumières bizarres qui flottent au-dessus des maisons abandonnées.

Ensuite, il y a les silhouettes qui glissent le long des murs et bondissent de toit en toit.

Enfin, il y a les bruits qui donnent la chair de poule.

Yan et moi, on connaît la vérité maintenant : le quartier des Platanes est hanté.

Mais par qui ?

Des sorcières et des fantômes ?

Des monstres venus de l'espace ?

Njounjou le mangeur d'enfants, comme le croit Sétou ?

On s'est creusé la tête pour le découvrir.

La semaine dernière, Yan a vu un *truc*… un truc qui lui a fait tellement peur qu'il a lâché sa longue-vue. Je l'ai ramassée pour regarder…

Et pouf ! Les lumières se sont éteintes dans l'avenue.

Tout ce que Yan a pu me dire, c'est que c'était laid, que ça volait, que ça avait plein de crocs, de griffes et de plumes.

Parce que j'étais un peu jalouse, juste pour l'énerver, je l'ai traité de menteur. On s'est disputés.

– T'as qu'à aller voir, si tu ne me crois pas ! m'a-t-il lancé. À moins que t'en sois pas cap ?

Un défi, ça ne se refuse jamais.

Le biscuit chinois

Yan et Lin m'attendent dans le square, perchés sur un banc. Yan a un grand sourire en me voyant. Heureusement, quand on se dispute, ça ne dure jamais longtemps.

Nabil arrive tout essoufflé, serrant dans ses bras un ballon de foot rouge et noir.

Lin sort de son sac à dos les biscuits chinois de sa mère. Je les adore : ils ont un goût de coco et, quand on les casse, on découvre un message secret. Qu'est-ce que ça va être, aujourd'hui ? Impatiente, je déplie le bout de papier.

Ce que tu cherches
tu trouveras.

Je jette un coup d'œil vers le quartier des Platanes. Yan et moi, on est réconciliés, mais il y a toujours le défi… Les graffitis, sur la palissade, me donnent la chair de poule.

Soudain, Yan fait la grimace. Nabil devient tout pâle. Avant de me retourner, j'ai déjà deviné qui vient d'arriver.

Arthur.

Arthur a onze ans, un nez de cochon et des cheveux en paillasson. Je le déteste. On s'est battus plusieurs fois, même s'il est plus grand que moi.

Au début, je rentrais avec des bleus et des bosses, mais maintenant, je sais me défendre. Et la dernière fois, j'aurais gagné si on ne nous avait pas séparés.

– Eh, Nabil ! Tu me donnes ton ballon ?

Sans attendre de réponse, Arthur le lui arrache des mains et commence à dribbler en ricanant. Nabil tente de le lui reprendre, mais Arthur est beaucoup plus fort que lui.

Hier, j'ai appris une nouvelle attaque au kung-fu et Arthur mérite une bonne leçon !

– Si tu veux te battre, je t'attends ! À moins que t'aies la trouille ?

– Tu crois que tu me fais peur ? me répond Arthur. T'es qu'un garçon manqué ! Et les garçons manqués, j'en fais qu'une bouchée.

N'empêche qu'il recule, pas très rassuré. Mais pour se venger, il prend de l'élan et donne un grand coup de pied dans le ballon.

Celui-ci s'envole dans les airs, passe au-dessus de nos têtes et disparaît derrière la palissade... dans le quartier des Platanes.

Nabil se met à pleurer.

Le défi

– **Peuh ! T'es vraiment qu'un bébé,** Nabil ! ricane Arthur. T'as qu'à aller le chercher toi-même, ton ballon, au lieu de pleurer !

Cette fois, j'en ai assez. Je me plante devant lui, bras croisés.

– C'est ta faute si le ballon est passé de l'autre côté. C'est à toi d'aller le chercher. À moins que tu sois pas cap ? dis-je, avec un coup d'œil à Yan.

Ça ne rate pas : Arthur relève le défi. Il ne peut pas passer pour un trouillard. Surtout pas devant des « mioches ».

Mais ce n'est qu'un crâneur. Plus il se rapproche des Platanes, plus il ralentit. Arrivé au pied de la palissade, il s'arrête complètement.

– Fatou, c'est peut-être un garçon manqué, mais toi, t'es qu'une poule mouillée ! s'écrie Yan.

Lin et Nabil éclatent de rire.

Arthur prend appui sur une pierre et commence à grimper. Soudain, un corbeau s'envole d'un toit en croassant.

– Des monmon… Des monmon… des monmonstres !

Arthur détale à toute vitesse. Il passe devant nous, blanc comme un linge, et disparaît dans le hall de son immeuble.

– Et mon ballon ? renifle Nabil.

Yan et moi, on échange un regard. Arthur s'est dégonflé. Pas question que je flanche à mon tour ! Et puis, je n'ai pas peur. Enfin, pas trop.

Dans ma poche, je sens le papier trouvé dans le biscuit chinois.

Ce que tu cherches
tu trouveras.

C'est bizarre, j'ai l'impression que ce message a été écrit spécialement pour moi…

– Ne t'en fais pas, Nabil. Je vais aller le chercher, ton ballon ! Pas besoin d'être un garçon pour être courageuse.

– Je viens avec toi, dit Yan. Mieux vaut qu'on soit deux...

Main dans la main, on s'approche du quartier interdit.

L'un après l'autre, on se hisse sur la palissade, puis on saute de l'autre côté, évitant les ronces et les orties.

À cet instant, le soleil disparaît derrière les nuages. Le vent se lève. Il soulève des tourbillons de poussière autour de nous.

– On ne se quitte pas, d'accord ? murmure Yan.

– D'accord.

Et, d'un pas mal assuré, on s'enfonce entre les vieilles maisons abandonnées.

À la recherche du ballon

Il fait froid à l'ombre des platanes gris. Parfois, on entend des voix qui chuchotent : « Venez ! Venez ! »

Mais quand on tourne la tête, on ne voit qu'un gros rat qui s'enfuit en couinant.

Les maisons sont couvertes de graffitis. J'ai l'impression qu'ils sont vivants et nous suivent en glissant de mur en mur.

Et puis, il y a les silhouettes. Longues. Difformes. Inquiétantes. Plusieurs fois, je m'arrête, le cœur battant. Je pointe le doigt vers un toit, vers le coin d'une rue… Pfuit ! C'est comme si elles n'avaient jamais existé.

Yan se fige. Je me fige.

– Qu'est-ce qui…

– Chut ! souffle Yan, m'entraînant à l'abri d'un vieux porche.

Juste à temps ! Des battements d'ailes, de dizaines et de dizaines d'ailes !

Une nuée de volatiles passe en vrombissant au-dessus des toits et plonge le quartier dans l'obscurité. On reste serrés l'un contre l'autre, sans oser respirer.

Yan risque un coup d'œil vers le ciel.

– C'est bon, on peut y aller, dit-il.

À mesure qu'on s'enfonce dans les rues, les ricanements et les murmures disparaissent. Seul résonne le bruit de nos pas.

Pour me rassurer, j'essaie de me rappeler les attaques de kung-fu que j'ai apprises. Voyons, il y a les griffes du tigre et celles du dragon, la danse du singe…

Là-bas ! Poussé par le vent, le ballon de Nabil file en tourbillonnant. Il faut le rattraper !

Aussitôt, je me lance à sa poursuite. Trop tard, il a disparu ! À moins que… un éclair rouge et noir à l'angle d'une maison !

Je cours plus vite encore. Finalement, je débouche sur une place encombrée de poubelles éventrées.

Il n'y a pas de ballon, juste une boîte de conserve qui roule au pied d'un vieux réverbère. Déçue, je retourne sur mes pas.

Mais où est Yan ? Il ne m'a pas suivie.

Quand j'arrive à l'endroit où je l'ai laissé, il n'y a plus personne.

– Yan ! Yan, où es-tu ?

Pas de réponse.

– Yan, ce n'est pas drôle. Reviens !

Je le cherche dans les rues, dans les cours des maisons abandonnées.

Bientôt, je suis perdue. Je me sens soudain seule, toute petite et très effrayée. Mais je ne suis pas comme Arthur. Je ne laisse pas tomber les gens, moi. Encore moins mon meilleur ami, mon *presque* amoureux.

Alors, je respire un grand coup et je me remets en route. Je serre dans ma main le papier du biscuit chinois.

Ce que tu cherches
tu trouveras.

Je marche longtemps, sans cesser d'appeler…

Soudain, j'aperçois une silhouette familière s'engouffrer dans une ruelle pavée. Je m'élance à sa suite.

La poursuite

– Yan ! Yan !

Hors d'haleine, le cœur battant, j'arrive à l'orée d'une place.

Yan n'est pas là.

Mais, à l'ombre des toits, perchés sur des bancs délabrés, des volatiles me regardent fixement.

Des ailes de chauve-souris, des becs pleins de crocs. On dirait les *trucs* que Yan a aperçus dans la longue-vue !

Avec leurs regards affamés, ils me font vraiment peur.

Je prends mes jambes à mon cou.

Aussitôt, ils se lancent à ma poursuite.

Je trébuche. Je m'écorche les mains. Pas le temps de souffler, j'entends leurs sifflements, le fracas de leurs ailes.

Je reprends ma course.

Sur mon passage, les graffitis jaillissent des murs et se transforment en mains griffues qui cherchent à m'agripper.

Les rues se tordent et se déforment, rétrécissent pour me piéger.

À gauche ! Un carré de lumière…

À bout de souffle, j'arrive près d'une aire de jeux. Au milieu, un toboggan de bois et une balançoire usée.

Je lève la tête, pas trop rassurée, je ne vois rien dans le ciel sombre.

J'avance.

À ma droite, il y a une épicerie et un magasin de jouets abandonnés.

Je n'en crois pas mes yeux : le ballon est dans la vitrine brisée, au milieu de toupies et de vieilles peluches.

À cet instant, j'aperçois deux yeux brillants. Je bondis en arrière, juste à temps.

Un vieillard immense jaillit des ombres et se précipite sur moi. Il est noir comme le charbon, il a de longs cheveux sales et emmêlés et traîne derrière lui un énorme chariot.

C'est l'ogre, c'est Njounjou le mangeur d'enfants, j'en suis sûre !

Je m'enfuis en hurlant sans regarder derrière moi. Je serre les dents et je fonce…

Mon pied heurte un pavé, je perds l'équilibre et je m'étale de tout mon long. Je me relève et bondis…

Un chariot mystérieux

Trop tard ! Les doigts crochus du Njounjou agrippent mon épaule. Je crie, je pleure, je me débats.

– Qu'est-ce que tu fais ici ? grogne-t-il d'une voix caverneuse. Tu ne sais pas que c'est imprudent de traîner dans le coin ?

– Papa ! Maman ! AU SECOURS !

À force de me tortiller, de griffer, je parviens à m'enfuir. À cet instant, j'entends des sifflements et des bruits d'ailes au-dessus de nos têtes.

Super ! Il ne manquait plus que les *trucs* !

Je fais demi-tour, le cœur battant. Je m'arrête près du chariot. Qu'y a-t-il, dedans ? Pas le temps de me poser de questions, le souffle du Njounjou est sur moi, je le sens !

Je détale, l'esquivant d'un cheveu.

Derrière moi, l'ogre s'est lancé à mes trousses et, j'en suis sûre, les *trucs* sont bien décidés à me rattraper.

Sans savoir où je vais, je file à toute allure entre les maisons désertes. Je cours le plus vite possible, mais les rues sont tortueuses et semblent s'allonger… Je n'arriverai jamais à leur échapper ! À moins que je puisse me cacher ?

– Pssst !

L'appel vient d'une poubelle, à l'angle d'une allée.

– Pssst ! Fatou, par ici !

C'est Yan. Je le rejoins en courant.

– Viens ! Personne ne nous trouvera ici ! chuchote-t-il en soulevant le couvercle.

À l'intérieur, il fait noir et ça sent mauvais. Sous mes pieds, de vieilles épluchures et des sacs moisis. Et s'il y avait des rats ? En même temps, les rats ne me font pas peur. Beaucoup moins que le Njounjou…

Dehors, l'ogre mangeur d'enfants passe et repasse en grommelant devant notre cachette.

Mais il a beau chercher, frapper le sol et les murs, il ne nous trouve pas.

Le baiser

Ouf! Le Njounjou est parti.

On soulève le couvercle et on vérifie qu'il n'y a plus de danger.

– C'est bon, je crois qu'on peut y aller, lui dis-je.

Et je bondis hors de la poubelle.

Yan veut faire comme moi, mais il s'emmêle les bras, les jambes et atterrit sur ses fesses.

Il a l'air tellement vexé avec les épluchures qui dégoulinent de ses cheveux que je ne peux pas m'empêcher de rigoler.

Puis, un peu embêtée de m'être moquée de lui, je lui tends la main pour l'aider à se relever.

– Viens, Yan, on s'en va.

On marche longtemps avant d'arriver à la frontière du quartier des Platanes.

Du côté de chez moi, la nuit tombe et de belles lumières jaunes brillent aux fenêtres des immeubles. Lin et Nabil sont partis, j'imagine qu'ils en ont eu assez d'attendre.

Je m'apprête à traverser quand Yan s'arrête et me regarde gravement.

– On n'a pas retrouvé le ballon de Nabil, me dit-il.

Je me rappelle la vitrine brisée du magasin de jouets, la balle rouge et noire dans la devanture.

Et les yeux du Njounjou.

Je sais où il est, mais je ne retournerai pas là-bas.

– On se cotisera pour lui en racheter un, dis-je. Et on demandera à Arthur de participer.

– Il ne voudra jamais !

– S'il refuse, on dira à tout le monde que c'est une poule mouillée…

– Qu'il a peur des corbeaux…

– Et ne sait pas se battre, je conclus en mettant les mains dans les poches.

Je sens contre mes doigts une boule de papier.

Ce que tu cherches
tu trouveras.

Le message disait vrai.

J'ai retrouvé le ballon, même si je ne l'ai pas rapporté.

Et j'ai retrouvé Yan.

J'ai même échappé à l'ogre Njounjou.

Alors, peut-être parce que je me sens très courageuse, peut-être parce que Yan, avec ses joues maculées de saleté et les épluchures dans ses cheveux, me semble moins impressionnant qu'avant, je m'approche et lui fais timidement un bisou.

Yan devient rouge comme une pivoine. Il reste un moment, les bras ballants, sans rien dire.

Puis il me regarde avec un sourire dans les yeux et me donne mon premier baiser d'amoureux.

petit roman

COURS, AYANA !

Agnès Laroche

LE MANGEUR D'OGRES

Claire Gratias

PAROLE DE SORCIER !

Jean-Christophe Tixier

petit roman

MA JOURNÉE À LA FERME

Philippe Barbeau

MON PÈRE C'EST UN ARBRE

Frédéric Kessler

PLUS PETIT QUE SOI

Roselyne Bertin

PAPIER À BASE DE FIBRES CERTIFIÉES

RAGEOT s'engage pour l'environnement en réduisant l'empreinte carbone de ses livres. Celle de cet exemplaire est de :
152 g éq. CO_2
Rendez-vous sur www.rageot-durable.fr

Achevé d'imprimer en France en mars 2013
par l'imprimerie Clerc.
Dépôt légal : mai 2013
N° d'édition : 5918 – 01